# Islamic Folklore The Black Crow & The First Murder In Earth Bilingual Edition English Germany

Jannah An-Nur Foundation

Published by Jannah Firdaus Mediapro Studio, 2020.

This is a work of fiction. Similarities to real people, places, or events are entirely coincidental.

ISLAMIC FOLKLORE THE BLACK CROW & THE FIRST MURDER IN EARTH BILINGUAL EDITION ENGLISH GERMANY

**First edition. December 23, 2020.**



Written by Jannah An-Nur Foundation.

# Table of Contents

# Prologue

—

{*T*hen Allah sent a crow who scratched the ground to show murderer) said, 'Woe to me! Am I not even able to be as this crow and to hide the dead body of my brother?' Then he became one of those who regretted.} (The Noble Quran Surah Al-Ma'idah: 31)*

Time changes everything. People's hair turns white as they grow older, but one thing always stays the same, the feathers of the crow that never change color. If anyone experienced what we, the crows, had experienced, his hair would never turn white.

As a creature I was the only eyewitness to the first crime of murder committed on the earth. I witnessed the first drop of human blood that was shed treacherously. I also knew that Allah SWT (God) was witnessing it all.

It was a very terrifying day. I knew that it was all due to Satan. How strange the actions of Satan are! How compliant human beings are to him! People love Allah; yet they disobey Him and while they hate Satan, they obey him. How strange the species called "humans" and how grave his contradictions are! How great Allah's mercy and forgiveness is to man! Excuse my language for I am a little bit angry.

When people experience hard times they have a saying that goes: "They were days blacker than the crow's feathers." I am aware that the crow's black color irritates people but they are oblivious to the fact that even the blackest feather on the crow's body is nothing compared to the human heart when it grows black because of sin.

*(Da schickte Allah eine Krähe, die den Boden kratzte, um den Mörder zu zeigen) und sagte: 'Wehe mir! Bin ich nicht einmal in der Lage, wie diese Krähe zu sein und den toten Körper meines Bruders zu verstecken?' Dann wurde er einer von denen, die bereuen.} (Der edle Koran Surah Al-Ma'idah: 31)*

Die Zeit verändert alles. Die Haare der Menschen werden weiß, wenn sie älter werden, aber eines bleibt immer gleich, das Gefieder der Krähe, das nie seine Farbe ändert. Wenn jemand das erlebte, was wir, die Krähen, erlebt hatten, würde sein Haar niemals weiß werden.

Als Geschöpf war ich der einzige Augenzeuge des ersten Mordverbrechens, das auf der Erde begangen wurde. Ich war Zeuge des ersten Tropfens menschlichen Blutes, das heimtückisch vergossen wurde. Ich wusste auch, dass Allah SWT (Gott) Zeuge von allem war.

Es war ein sehr erschreckender Tag. Ich wusste, dass dies alles auf das Konto Satans ging. Wie seltsam die Handlungen des Satans sind! Wie willfährig die Menschen ihm gegenüber sind! Die Menschen lieben Allah, und doch gehorchen sie ihm nicht, und obwohl sie Satan hassen, gehorchen sie ihm. Wie seltsam die Spezies "Mensch" und wie schwerwiegend seine Widersprüche sind! Wie groß ist doch Allahs Barmherzigkeit und Vergebung für den Menschen! Entschuldigen Sie meine Sprache, denn ich bin ein wenig wütend.

Wenn Menschen schwere Zeiten erleben, gibt es ein Sprichwort, das besagt "Es waren Tage, die schwärzer waren als die Federn der Krähe." Ich bin mir bewusst, dass die schwarze Farbe der Krähe die Menschen irritiert, aber sie sind sich der Tatsache nicht bewusst, dass selbst die schwärzeste Feder am Körper der Krähe nichts ist im Vergleich zum menschlichen Herzen, wenn es wegen der Sünde schwarz wird.

# The First Murder In Earth English Version

---

{ $T$hen Allah sent a crow who scratched the ground to show murderer) said, 'Woe to me! Am I not even able to be as this crow and to hide the dead body of my brother?' Then he became one of those who regretted.} (The Noble Quran Surah Al-Ma'idah: 31)

Time changes everything. People's hair turns white as they grow older, but one thing always stays the same, the feathers of the crow that never change color. If anyone experienced what we, the crows, had experienced, his hair would never turn white.

# Chapter 1

As a creature I was the only eyewitness to the first crime of murder committed on the earth. I witnessed the first drop of human blood that was shed treacherously. I also knew that Allah SWT (God) was witnessing it all.

It was a very terrifying day. I knew that it was all due to Satan. How strange the actions of Satan are! How compliant human beings are to him! People love Allah; yet they disobey Him and while they hate Satan, they obey him. How strange the species called "humans" and how grave his contradictions are! How great Allah's mercy and forgiveness is to man! Excuse my language for I am a little bit angry.

When people experience hard times they have a saying that goes: "They were days blacker than the crow's feathers." I am aware that the crow's black color irritates people but they are oblivious to the fact that even the blackest feather on the crow's body is nothing compared to the human heart when it grows black because of sin.

I also know that people make fun of the way a crow walks, for he hops around when he walks like a mad person walking on firebrand. He is always on the move.

So, let us assume that we walk in a strange way –hopping and leaping about. Is that not considered natural after we have witnessed the injustice inflicted by a human being upon his brother?

Before the human being was created, we used to walk about with a swinging gait like that of kings. We were proud of our black color. Then, we witnessed a brother killing his brother and from that time onward our walk has become disturbed due to the horror of the act and our children inherited our handicap.

People regard the crow's voice as being extremely ugly. It only takes for one of our species to stand on a tree and caw, for people to become pessimistic, because our caw is regarded as an evil omen.

Our voice may not be as beautiful as a nightingale's but for sure it has nothing to do with evil omen. For evil omen is a word that coincides with the actions of human beings.

A human sometimes commits a terrible act but as soon as a crow caws at the top of a tree he forgets what he has done, remembers only the crow's voice and becomes pessimistic!

It is an old trick that the human being resorts to, as there is no other creature like him to compare with how he cheats and deceives himself.

Humankind accuses crows of theft, abduction, and disobedience to their parents and families. People say that we steal kohl from eyes and soap from the rooftops of houses. But the funny thing is that we do not even know what kohl is and we do not use soap when we take baths. We do not need it because our bodies and thoughts have reached such an extent of impurity that they cannot be cleansed.

I apologize for my harsh tone but if anyone had experienced what I have experienced, he would surely have lost his mind.

I was a judge in the world of crows and a witness in the world of people. However, once a judge loses his objectivity, calmness and becomes biased, he loses his honesty and fairness. I have played both these roles together. I was a judge in the world of crows; fair, calm and neutral but when I descended to testify in the world of humans, I lost my competence as a judge and my calmness and I screamed. Then Allah sent me to teach the son of Adam a lesson in mercy.

That day, long ago I said to Cain while I was cawing reproachfully in my sharp voice, "We know that you are a brutal murderer and in spite of that you are ignorant; in spite of the fact that you are a human being assumed to be knowledgeable. An ignorant person who is oblivious of being ignorant; an ignorant person who does not know how to bury his brother's body."

I apologize for I am still quite worked up.

Sometimes I think of what happened calmly and objectively like a judge. It is true that aggression is a characteristic of all creatures. Sometimes a crow is aggressive against the group and when that happens, a trial is assembled.

It is known that crows have courts that abide by the laws of justice. These trials take place when a certain crow steals another crows' nest, another crows' female or the food of young crows.

Each crime has its own penalty. When a crow steals another's nest we tear down the stolen nest, severely censure the violator and make him build another nest for that crow. In the case of stealing another crow's female, the group kills the crow in question with their beaks. When a crow steals the food of young crows, the group pulls out that crow's feathers until he becomes just like the young crows that are without feathers.

Sometimes in addition to censure and pulling out feathers another penalty is added, which is banishment from the group.

In fact the trials of crows are usually held in an open space or in a wide field. Those who precede others in attendance have to wait for the rest of the group.

So, we wait for days and nights till our number is complete. Then, we appoint someone to guard the violator and the trial begins.

The whole group starts cawing together. The accused one caws back. In their turn, the witnesses caw and flap their wings in rage and anger.

# Chapter 2

The accused crow caws and flaps his wings in return.

Then finally, the accused lowers his wings, ducks his head and stops cawing. This is taken as his confession to the crime.

At this stage, the judge pronounces his sentence and all the crows flock upon the guilty one tearing him to death with their beaks. After that, the crows caw successively and flyaway.

One of them will then carry away the crow's dead body to be buried.

The dead crow may be guilty but death has a sanctity that obligates honoring the body by burying it.

In this way crows implement justice in two cases -life and death. This is because justice is the strongest instinct that crows, have. Originally, justice in the world of humans is acquired and remains relative, but in the world of crows, it is instinctive and absolute.

There are some essential rules of ours that are not subject to change or substitution and whoever goes against them goes against the group and thus deserves to be despised and killed.

These rules and laws have not been established by crows. They have been bestowed upon us by Allah Who made them a part of our innate nature and a duty to be abided by. We do not constitute laws for ourselves.

We know that the soul is inclined to follow its desires and is Partial to whatever is in its interest. Since crows have surrendered to the legislation of the Creator, they have reached the shore of safety. In fact, working in the field of law requires a person to separate himself from his desires, and no creature can do so except for the angels.

Mentioning angels reminds me of the first days of creation. The earth was so peaceful before the human being descended upon it.

No ship had exploited the pure sea, the wind was so pure as it had not touched the forehead of a human being and all the fields on this earth had never been trod on by humans. The life was still pure and not contaminated by even one single lie. Everything was pulsating with sincerity.

The mountains were covered with white snow that shone under the rays of the setting sun. The seas' blue chest heaved up and down as it sighed and the air was intoxicated from the perfume of green fields. Even though everything was exquisitely beautiful and enchanting, there was something missing from the scene ...

This missing element was that the human being should submit himself humbly to Allah and supplicate. Only then the real meaning behind this abstract beauty would surface. Things acquire less beauty and more meaning once they have knowledge, commit a mistake and then beg for mercy.

This is how it always has been with knowledge. Innocence is grazed in the beginning, and then knowledge is the result. Allah's angels are endowed with innocence. As for humans, their innocence was grazed in paradise. It was stolen by the devil for a certain eternal divine wisdom, which is, inhabiting and populating the earth. We knew that the human had come from paradise.

In the beginning it was tears, as Adam and Eve's crying on the earth was an extremely moving scene. We knew then from the sound of those tears the enormity of guilt, the meaning of disobedience and the Sincerity ofrepentance.

Adam aimed at nothing but to achieve repentance. How great was his dignified face! In his eyes, there was a limitless tenderness of a father that does not favor one child to another.

As for Eve, she was the mother of all the women on this earth.

They both supplicated to Allah saying, "Our Lord! We have wronged ourselves. If You forgive us not, and bestow not upon us Your Mercy, we shall certainly be of the losers."

Eve bore her first child. Humans do not lay eggs like us birds, but they bear children.

In each pregnancy Eve bore a boy and a girl at the same time. The boy of the first pregnancy could lawfully marry the girl of the second pregnancy and vice versa. Eve gave birth to Gain—and his sister Aklima and Abel and his sister Liyotha and their siblings grew up together.

Abel came running down the hill laughing, his face clearly pronouncing all his eight years of age and in pursuit came Cain holding in his hand a tree branch -trying to catch up with his brother. They were playing together as usual.

I do not know why one brother was as gentle as a field lily and the other as harsh as a mountain thorn. It always happened that Cain would choose to play the role of the hunter and give Abel the role of the prey. When the playing heated up Cain's eyes would shine with hate as he showered Abel with strokes from the tree branch in his hand.

In the beginning Abel would laugh, his laugh would vibrate between the hills and trees, like a book illuminated with purity and happiness. Then Cain would hold the tree branch harshly with his two hands instead of one, so the strokes would be more painful. At that point, pain instead of happiness would be drawn all over Abel's face and the sound of his laugh would turn into something like a scream.

Then Adam would come running to them and find Abel wounded and Cain would still be continuing his attack. Adam would scream saying, "Cain! What have you done to your brother?" Then Cain would reply, "We are playing and Abel has chosen to be the prey."

After that, Adam would scream, scolding Cain and then separate the two brothers. He would scold Cain and wipe the wounds of his kind son. He would talk to them telling them that they were brothers from the same mother, and that they lived on the same earth. For that reason they should join together in love, not hate.

What surprised me was that Cain would shut his harsh mouth without defending himself, while on the other hand Abel would defend his brother begging his father to forgive them both.

# Chapter 3

Time passed and they turned twenty. At that time Cain raised his hand and slapped Abel's face and screamed, "This is my hut." He left red fingerprints on his brother's face. Abel was surprised by the insult. Anger swelled up inside him and fast tortured tears collected in his eyes.

Abel said innocently, "Look at my hands! They have become raw from building the hut."

Cain then replied with determination, "You will not spend the night in the hut after today's sunset. Cain has spoken his words."

After that Abel tenderly replied, "I too want to have my say in this. I love you Cain so why are you doing this?"

However, Cain heard nothing as he had left the place.

I did not see Abel telling Adam about what happened. I do not know why, maybe he felt that his father's heart was full of sadness from the things Cain had done and he was afraid that he would only deepen that sadness. Or he may have said to himself that Cain's threats were only words that would not be carried out. When the time of sunset arrived, Abel was surprised by his brother barging into his hut and in his hand there was a sharp edged rock. Before Abel could even open his mouth the rock cracked his forehead and blood came pouring out. Then Cain carried him and threw him out of the hut. Abel bandaged his wounds with herbs and went to sleep in his place. After that, Adam was surprised to find his son sleeping outside of his hut and that there was dry blood on his forehead. Adam screamed his usual scream, only this time it stemmed from a deeper sadness, "Cain! What have you done to your brother Abel?"

Cain did not look like Abel and neither did Aklima look like Lyotha. Cain was crueler than Abel and Lyotha was not as pretty as Aklima. Abel was supposed to marry Aklima and Cain was supposed to marry Lyotha. Personally, I favored Abel to his brother and I was content that he would be marrying the prettier of the two. Abel does not get angry when we eat from his food. One day Abel saw me standing in front of the chicken eggs he was raising, so he put out his hand and gave me an egg and I was so happy for his cooperation with our kind. This man was aware of the wisdom behind cooperation between creatures and was aware of the meaning of mercy. He was a man who knows, loves and fears Allah.

I want to concentrate, so I can testify to all the destruction and ruin, and tell it to the wind that whistles in the most desolate places.

Cain screamed, "No, I am better than him!" The devil was behind his words. Satan said the same about Adam, and that day he taught it to Adam's son, so he could say it about his brother.

Cain again screamed in front of his father, "I will not marry Lyotha. I will marry Aklima! We were together in the same womb. I am more entitled to her!"

Adam explained to his son that it is unlawful to marry his sister. Cain refused to change his stance. I was surprised at his boldness and I did not know how Adam would react to this.

Then Adam said, "May each of you offer a sacrifice to Allah, and whoever's sacrifice is accepted is right."

Adam withdrew from trying to judge between them and left that to heaven.

I did not know how Allah would accept their sacrifices. I did not even know what was meant by sacrifice.

I waited for a few days in which I was busy solving problems in the world of the crows. At that time, there was a fugitive crow we were looking for to put to trial.

Then came the day of offering sacrifices to Allah. Abel came carrying one of his largest rams and he left it on the mountain and prayed to Allah to accept it. Cain came and with him he brought ears of wheat that had not yet ripened. As Cain was stingy to the extent that we crows could not even taste his food, Cain offered his sacrifice and walked away.

The two brothers stood back.

In my heart, as I am an unbiased judge, I wished that Allah would accept Abel's sacrifice. Down came a fire from the sky that devoured Abel's sacrifice as a sign of acceptance. Abel shouted for joy and Cain screamed, "Murder!"

Cain stood with his palms extended in front of him gazing with his eyes into the horizon. Despite his silence, there was a wave of enmity vibrating from him that was almost tangible.

It was a wonderful day. The sun was spreading its warmth into the atmosphere and the pine trees that lined the horizon were bathing in the rays of the sun. Its branches took the color of amber that comes from the seas. From the nearby mountains blew a wind that carried with it from the depths of the coral reef that is covered with the forests green velvet, the perfume of the virgin forest and gorgeous flowers.

Then once again Cain screamed, "I will kill you."

Abel did not know why Cain was so angry with him. Indeed, purity usually does not know the motives of evil. Allah had accepted from one and refused the other.

Abel told his brother that Allah accepts only from the pious. Again, Cain murmured, "I will kill you."

Abel replied, as he was turning around to go back to his hut, *"If you do stretch your hand against me to kill me, I shall never stretch my hand against you to kill you, for I fear Allah; the Lord of the 'Alamin (mankind, Jinn, and all that exists). Verily, I intend to let you draw my sin on yourself as well as yours, then you will be one of the dwellers of the Fire, and that is the recompense of the Zhalimun (polytheists and wrong doers)."*

Abel walked away with his wife Aklima. They got married and when the signs of pregnancy started to appear on her, Cain decided to kill his brother.

We were able to find the guilty crow that had escaped and so his trial began.

# Chapter 4

Abel laid down on the ground after a day of hard work. He went to sleep as soon as he laid his head upon a bed of lilies. The sun made its way towards the west.

The trial of the sinning crow continued.

Sunset befell the sky and Cain came and in his hand was a donkey's jaw that he had found in the forest.

A donkey had died in the nearby forest and beasts of brey had eaten his meat and the vultures had eaten what was left of him and the earth had drunk his blood and only his bony jaw was left on the ground.

Cain carried the first weapon used on earth and started to look for his brother. He found him sleeping, so he moved towards him.

Something which I could not understand in the noble dreaming face moved him.

Abel then woke up and opened his eyes. Cain raised his hand and struck down with the bony jaw. Blood spluttered from Abel's face onto Cain's chest. The sinning hand struck the kind face once again. On the fifth strike Cain's hand hit the mud of the field.

Abel laid completely motionless and Cain then realized that his brother had died. His hand ceased striking its fast and vicious strikes and he sat frowning in front of his victim.

We still have not finished with the trial of the sinning crow as we postponed the trial until the next day and appointed someone to guard the crow and then we left.

I stood at the top of a tree above Cain's head and cawed screaming, "Cain! What have you done to your brother Abel?"

Cain raised his head and looked at me. His body was trembling.

The trial of the accused crow took hours. He was lying. He denied the accusations ascribed to him, but as the trial advanced, the noose around his neck was tightening. All the time the trial was proceeding, Cain was walking and carrying his brother on his back.

He did not know what to do with his corpse. Vultures were circling above it and wild animals were lured by its smell. Cain was afraid that the wild animals would devour his brother if he left him, so he walked along carrying him on his back.

He did not know what to do with him or how to act.

The crow's trial was over and all the accusations ascribed to him were proven. The judges sentenced him to death. The sinning crow's sentence was executed. I carried the dead crow to bury him in a far away place. While I was flying, I felt an unseen force guiding my wings towards Cain. I had no intention of passing by Cain, as I did not like him, but my wings, despite my will, were heading towards him. Something exalted that surpassed my perception was guiding my wings.

# Chapter 5

O ne of the honored angels ordered me, "O crow! Allah (Blessed and Exalted be He) is sending you to show the son of Adam how to bury his brother's body."

Upon that, I instantly landed with my burden in front of Cain. Then I put the dead crow in front of me and started digging in the ground. I dug the ground with my claws and beak. After that, I arranged the dead crow's wings against his body and pushed him with my beak into his grave. I screamed two short screams, and then covered him with sand.

After that, I looked at the son of Adam. My look clearly said this, "Even though we justifiably killed him we still owe his body the right to be respected. But you ..."

After that, I started cawing in his face and then finally I took flight towards the west.

As I was flying away, I heard Cain's scream, "O woe to me. I have failed to be like this crow and bury my brother's body. "

I imagined that his scream was burning with remorse. I did not know from which spring his remorse flowed. Was he remorseful because he had been carrying him around all this time without knowing that he had to bury him? Or was he remorseful because he had unjustifiably killed him? I do not know. All I wanted to know was the condition of Abel's wife. I felt tranquility when I knew that she was about to give birth. I wanted to be reassured that the human race came from the lineage of a strong generous man who feared Allah. I know that the children of Cain, the first murderer, would fill the earth. I know that the conflict between them and the children of the kind martyr Abel would never stop. Maybe even the father's tragedy would be repeated with the children.

All this I know but I am ignorant of the wisdom behind that. It is not my business to know. I was a witness to the son of Adam and a teacher to him for a period of time but it is not my job to know why.

*Maybe the human knows.....*

# The First Murder In Earth Germany Version

———

*(D*a schickte Allah eine Krähe, die den Boden kratzte, um den Mörder zu zeigen) und sagte: 'Wehe mir! Bin ich nicht einmal in der Lage, wie diese Krähe zu sein und den toten Körper meines Bruders zu verstecken?' Dann wurde er einer von denen, die bereuen.}*

*(Der edle Koran Surah Al-Ma'idah: 31)*

Die Zeit verändert alles. Die Haare der Menschen werden weiß, wenn sie älter werden, aber eines bleibt immer gleich, das Gefieder der Krähe, das nie seine Farbe ändert. Wenn jemand das erleben würde, was wir, die Krähen, erlebt haben, würden seine Haare niemals weiß werden.

# Chapter 1

Als Geschöpf war ich der einzige Augenzeuge des ersten Mordverbrechens, das auf der Erde begangen wurde. Ich war Zeuge des ersten Tropfens menschlichen Blutes, das heimtückisch vergossen wurde. Ich wusste auch, dass Allah SWT (Gott) Zeuge von allem war.

Es war ein sehr schrecklicher Tag. Ich wusste, dass das alles auf Satan zurückzuführen war. Wie seltsam die Handlungen des Satans sind! Wie willfährig die Menschen ihm gegenüber sind! Die Menschen lieben Allah, und doch gehorchen sie ihm nicht, und obwohl sie Satan hassen, gehorchen sie ihm. Wie seltsam die Spezies "Mensch" und wie schwerwiegend seine Widersprüche sind! Wie groß ist doch Allahs Barmherzigkeit und Vergebung für den Menschen! Entschuldigen Sie meine Sprache, denn ich bin ein wenig wütend.

Wenn Menschen harte Zeiten erleben, gibt es ein Sprichwort, das besagt: "Es waren Tage, die schwärzer waren als die Federn der Krähe." Ich bin mir bewusst, dass die schwarze Farbe der Krähe die Menschen irritiert, aber sie sind sich der Tatsache nicht bewusst, dass selbst die schwärzeste Feder am Körper der Krähe nichts ist im Vergleich zum menschlichen Herzen, wenn es wegen der Sünde schwarz wird.

Ich weiß auch, dass sich die Leute über die Art und Weise, wie eine Krähe läuft, lustig machen, denn sie hüpft herum, wenn sie läuft, wie ein Verrückter, der auf Feuerbrand läuft. Er ist immer in Bewegung.

Nehmen wir also an, dass wir auf eine seltsame Art und Weise gehen - hüpfend und springend herum. Wird das nicht als natürlich angesehen, nachdem wir Zeuge der Ungerechtigkeit geworden sind, die ein Mensch seinem Bruder zugefügt hat?

Bevor der Mensch erschaffen wurde, liefen wir mit einem schwungvollen Gang wie Könige umher. Wir waren stolz auf unsere schwarze Farbe. Dann wurden wir Zeuge, wie ein Bruder seinen Bruder tötete, und von da an wurde unser Gang durch den Schrecken der Tat gestört, und unsere Kinder erbten unser Handicap.

Die Stimme der Krähe wird von den Menschen als äußerst hässlich empfunden. Es braucht nur eine unserer Spezies auf einem Baum zu stehen und zu krächzen, damit die Menschen pessimistisch werden, denn unser Krächzen wird als böses Omen angesehen.

Unsere Stimme ist vielleicht nicht so schön wie die einer Nachtigall, aber mit einem bösen Omen hat sie ganz sicher nichts zu tun. Denn böses Omen ist ein Wort, das mit den Handlungen der Menschen zusammenfällt.

Ein Mensch begeht manchmal eine schreckliche Tat, aber sobald eine Krähe auf der Spitze eines Baumes krächzt, vergisst er, was er getan hat, erinnert sich nur noch an die Stimme der Krähe und wird pessimistisch!

Es ist ein alter Trick, zu dem der Mensch greift, denn es gibt kein anderes Lebewesen wie ihn, mit dem man vergleichen kann, wie er sich selbst betrügt und hintergeht.

Die Menschen beschuldigen Krähen des Diebstahls, der Entführung und des Ungehorsams gegenüber ihren Eltern und Familien. Die Menschen sagen, dass wir Kajal von den Augen und Seife von den Dächern der Häuser stehlen. Aber das Lustige ist, dass wir nicht einmal wissen, was Kajal ist, und wir benutzen keine Seife, wenn wir baden. Wir brauchen sie nicht, weil unsere Körper und Gedanken ein solches Ausmaß an Unreinheit erreicht haben, dass sie nicht mehr gereinigt werden können.

Ich entschuldige mich für meinen harschen Ton, aber wenn jemand das erlebt hätte, was ich erlebt habe, hätte er sicher den Verstand verloren.

Ich war ein Richter in der Welt der Krähen und ein Zeuge in der Welt der Menschen. Sobald ein Richter jedoch seine Objektivität und Ruhe verliert und voreingenommen wird, verliert er seine Ehrlichkeit und Fairness. Ich habe diese beiden Rollen zusammen gespielt. Ich war ein Richter in der Welt der Krähen; fair, ruhig und neutral, aber als ich herabstieg, um in der Welt der Menschen auszusagen, verlor ich meine Kompetenz als Richter und meine Ruhe und ich schrie. Dann schickte mich Allah, um dem Sohn Adams eine Lektion in Barmherzigkeit zu erteilen.

An jenem Tag, vor langer Zeit, sagte ich zu Kain, während ich mit scharfer Stimme vorwurfsvoll krächzte: "Wir wissen, dass du ein brutaler Mörder bist, und trotzdem bist du unwissend; trotz der Tatsache, dass du ein Mensch bist, von dem man annimmt, dass er wissend ist. Ein unwissender Mensch, der nicht weiß, dass er unwissend ist; ein unwissender Mensch, der nicht weiß, wie er die Leiche seines Bruders begraben soll."Ich entschuldige mich dafür, dass ich immer noch ziemlich aufgeregt bin.

Manchmal denke ich wie ein Richter ruhig und objektiv über das Geschehene nach. Es ist wahr, dass Aggression eine Eigenschaft aller Lebewesen ist. Manchmal ist eine Krähe aggressiv gegen die Gruppe, und wenn das passiert, wird ein Prozess zusammengestellt.

Es ist bekannt, dass Krähen Gerichte haben, die sich an die Gesetze der Gerechtigkeit halten. Diese Prozesse finden statt, wenn eine bestimmte Krähe das Nest einer anderen Krähe, das Weibchen einer anderen Krähe oder das Futter der jungen Krähen stiehlt.

Jedes Verbrechen hat seine eigene Strafe. Wenn eine Krähe das Nest einer anderen stiehlt, reißen wir das gestohlene Nest ab, tadeln den Übeltäter streng und lassen ihn ein anderes Nest für diese Krähe bauen. Im Falle des Diebstahls eines anderen Krähenweibchens tötet die Gruppe die betreffende Krähe mit ihren Schnäbeln. Wenn eine Krähe das Futter junger Krähen stiehlt, reißt die Gruppe dieser Krähe die Federn aus, bis sie genauso wird wie die jungen Krähen, die ohne Federn sind.

# Chapter 2

Manchmal kommt zum Tadel und dem Ausreißen von Federn eine weitere Strafe hinzu, nämlich die Verbannung aus der Gruppe.

In der Tat werden die Prüfungen der Krähen in der Regel auf einem offenen Platz oder auf einem weiten Feld abgehalten. Diejenigen, die anderen Anwesenden zuvorkommen, müssen auf den Rest der Gruppe warten.

Also warten wir Tage und Nächte, bis unsere Zahl vollständig ist. Dann ernennen wir jemanden, der den Übertreter bewacht, und der Prozess beginnt.

Die ganze Gruppe beginnt gemeinsam zu krächzen. Der Angeklagte krächzt zurück. Die Zeugen krächzen ihrerseits und schlagen in Wut und Zorn mit den Flügeln.

Die angeklagte Krähe krächzt und schlägt im Gegenzug mit den Flügeln.

Dann schließlich senkt der Angeklagte seine Flügel, duckt den Kopf und hört auf zu krächzen. Dies wird als sein Geständnis der Tat gewertet.

Dann verkündet der Richter sein Urteil und alle Krähen stürzen sich auf den Schuldigen und reißen ihn mit ihren Schnäbeln zu Tode. Danach krächzen die Krähen nacheinander und fliegen davon.

Einer von ihnen wird dann den toten Körper der Krähe wegtragen, um ihn zu begraben.

Die tote Krähe mag schuldig sein, aber der Tod hat eine Heiligkeit, die dazu verpflichtet, den Körper zu ehren, indem man ihn begräbt.

Auf diese Weise setzen Krähen Gerechtigkeit in zwei Fällen um - Leben und Tod. Das liegt daran, dass Gerechtigkeit der stärkste Instinkt ist, den Krähen haben. Ursprünglich ist die Gerechtigkeit in der Welt der Menschen erworben und bleibt relativ, aber in der Welt der Krähen ist sie instinktiv und absolut.

Es gibt einige wesentliche Regeln von uns, die nicht verändert oder ersetzt werden können, und wer gegen sie verstößt, verstößt gegen die Gruppe und verdient es daher, verachtet und getötet zu werden.

Diese Regeln und Gesetze sind nicht von Krähen aufgestellt worden. Sie wurden uns von Allah gegeben, der sie zu einem Teil unserer angeborenen Natur und zu einer Pflicht gemacht hat, an die wir uns halten müssen. Wir machen die Gesetze nicht für uns selbst.

Wir wissen, dass die Seele geneigt ist, ihren Wünschen zu folgen, und dass sie an allem teilnimmt, was in ihrem Interesse ist. Da die Krähen sich der Gesetzgebung des Schöpfers unterworfen haben, haben sie das Ufer der Sicherheit erreicht. In der Tat erfordert die Arbeit auf dem Gebiet des Gesetzes, dass sich der Mensch von seinen Begierden trennt, und kein Geschöpf kann dies tun, außer den Engeln.

Die Erwähnung von Engeln erinnert mich an die ersten Tage der Schöpfung. Die Erde war so friedlich, bevor der Mensch auf sie herabstieg.

Kein Schiff hatte das reine Meer ausgebeutet, der Wind war so rein, wie er nicht die Stirn eines Menschen berührt hatte, und alle Felder dieser Erde waren nie von Menschen betreten worden. Das Leben war noch rein und nicht durch auch nur eine einzige Lüge verunreinigt. Alles pulsierte vor Aufrichtigkeit.

Die Berge waren mit weißem Schnee bedeckt, der unter den Strahlen der untergehenden Sonne glänzte. Die blaue Brust des Meeres hob und senkte sich seufzend, und die Luft war berauscht vom Duft der grünen Felder. Auch wenn alles ausnehmend schön und bezaubernd war, fehlte etwas in der Szene ...

Dieses fehlende Element war, dass der Mensch sich Allah demütig unterwerfen und flehen sollte. Erst dann würde die wahre Bedeutung hinter dieser abstrakten Schönheit zum Vorschein kommen. Die Dinge bekommen weniger Schönheit und mehr Bedeutung, wenn sie Wissen haben, einen Fehler begehen und dann um Gnade bitten.

So ist es immer mit dem Wissen gewesen. Die Unschuld wird am Anfang abgegrast, und dann ist das Wissen das Ergebnis. Allahs Engel sind mit Unschuld begabt. Was die Menschen betrifft, so wurde ihre Unschuld im Paradies geweidet. Sie wurde vom Teufel für eine bestimmte ewige göttliche Weisheit gestohlen, die darin besteht, die Erde zu bewohnen und zu bevölkern. Wir wussten, dass der Mensch aus dem Paradies gekommen war.

Am Anfang waren es Tränen, denn das Weinen von Adam und Eva auf der Erde war eine äußerst bewegende Szene. Wir wussten damals aus dem Klang dieser Tränen die Ungeheuerlichkeit der Schuld, die Bedeutung des Ungehorsams und die Aufrichtigkeit der Reue.

Adam hatte nichts anderes im Sinn, als Buße zu tun. Wie groß war sein würdevolles Gesicht! In seinen Augen lag die grenzenlose Zärtlichkeit eines Vaters, der nicht ein Kind dem anderen vorzieht.

Was Eva betrifft, so war sie die Mutter aller Frauen auf dieser Erde.

Sie flehten beide zu Allah und sagten: "Unser Herr! Wir haben uns selbst Unrecht getan. Wenn Du uns nicht vergibst und uns nicht Deine Barmherzigkeit schenkst, werden wir gewiß zu den Verlierern gehören."

Eva gebar ihr erstes Kind.

Menschen legen keine Eier wie wir Vögel, aber sie gebären Kinder.

In jeder Schwangerschaft gebar Eva einen Jungen und ein Mädchen zur gleichen Zeit. Der Junge der ersten Schwangerschaft konnte rechtmäßig das Mädchen der zweiten Schwangerschaft heiraten und andersherum. Eva gebar Gain - und seine Schwester Aklima und Abel und seine Schwester Liyotha und ihre Geschwister wuchsen zusammen auf.

# Chapter 3

Abel kam lachend den Hügel hinuntergerannt, sein Gesicht verriet deutlich sein achtjähriges Alter, und in der Verfolgung kam Kain, der einen Ast in der Hand hielt und versuchte, seinen Bruder einzuholen. Sie spielten wie immer zusammen.

Ich weiß nicht, warum der eine Bruder so sanft wie eine Feldlilie und der andere so hart wie ein Bergdorn war. Es kam immer wieder vor, dass Kain sich entschied, die Rolle des Jägers zu spielen und Abel die Rolle der Beute zu geben. Wenn sich das Spiel erhitzte, leuchteten Kains Augen vor Hass, während er Abel mit Schlägen des Astes in seiner Hand überschüttete.

Am Anfang würde Abel lachen, sein Lachen würde zwischen den Hügeln und Bäumen vibrieren, wie ein Buch, das mit Reinheit und Glück erleuchtet ist. Dann würde Kain den Baumzweig hart mit seinen beiden Händen statt mit einer halten, damit die Schläge schmerzhafter werden würden. An diesem Punkt würde Schmerz statt Glück über Abels ganzes Gesicht gezeichnet werden und der Klang seines Lachens würde sich in etwas wie einen Schrei verwandeln.

Dann würde Adam zu ihnen laufen und Abel verwundet vorfinden und Kain würde seinen Angriff immer noch fortsetzen. Adam würde schreien und sagen: "Kain! Was hast du mit deinem Bruder gemacht?" Dann würde Kain antworten: "Wir spielen, und Abel hat sich entschieden, die Beute zu sein."

Danach würde Adam schreien, Kain beschimpfen und dann die beiden Brüder trennen. Er würde Kain schimpfen und die Wunden seines lieben Sohnes abwischen. Er würde zu ihnen sprechen und ihnen sagen, dass sie Brüder von der gleichen Mutter waren und dass sie auf der gleichen Erde lebten. Deshalb sollten sie sich in Liebe zusammentun, nicht in Hass. Was mich überraschte, war, dass Kain sein hartes Maul hielt, ohne sich zu verteidigen, während auf der anderen Seite Abel seinen Bruder verteidigte und seinen Vater bat, ihnen beiden zu vergeben.

Die Zeit verging und sie wurden zwanzig. Zu dieser Zeit hob Kain seine Hand und schlug Abel ins Gesicht und schrie: "Das ist meine Hütte." Er hinterließ rote Fingerabdrücke auf dem Gesicht seines Bruders. Abel war von der Beleidigung überrascht. Wut schwoll in ihm an und schnell sammelten sich gequälte Tränen in seinen Augen.

Abel sagte unschuldig: "Sieh dir meine Hände an! Sie sind rau geworden vom Bau der Hütte."

Kain antwortete daraufhin entschlossen: "Du wirst nach dem heutigen Sonnenuntergang nicht mehr in der Hütte übernachten. Kain hat seine Worte gesprochen. "

Daraufhin erwiderte Abel zärtlich: "Ich will auch mitreden. Ich liebe dich, Kain, warum tust du das?"

Kain hörte jedoch nichts, da er den Ort verlassen hatte.

Ich habe nicht gesehen, dass Abel Adam erzählt hat, was passiert ist. Ich weiß nicht, warum, vielleicht spürte er, dass das Herz seines Vaters voller Traurigkeit war wegen der Dinge, die Kain getan hatte, und er hatte Angst, dass er diese Traurigkeit nur noch vertiefen würde. Oder er sagte sich vielleicht, dass Kains Drohungen nur Worte waren, die nicht ausgeführt werden würden. Als die Zeit des Sonnenuntergangs kam, wurde Abel von seinem Bruder überrascht, der in seine Hütte stürmte und in seiner Hand einen scharfkantigen Stein hielt. Bevor Abel auch nur den Mund öffnen konnte, zerbrach der Stein seine Stirn und Blut floss heraus. Dann trug ihn Kain und warf ihn aus der Hütte. Abel verband seine Wunden mit Kräutern und legte sich an seiner Stelle schlafen. Danach war Adam überrascht, seinen Sohn außerhalb seiner Hütte schlafend vorzufinden und dass an seiner Stirn trockenes Blut war. Adam schrie seinen üblichen Schrei, nur dass er dieses Mal aus einer tieferen Traurigkeit stammte: "Kain! Was hast du mit deinem Bruder Abel gemacht?"

Kain sah nicht wie Abel aus und auch Aklima sah nicht wie Lyotha aus. Kain war grausamer als Abel und Lyotha war nicht so hübsch wie Aklima. Abel sollte Aklima heiraten und Kain sollte Lyotha heiraten. Mir persönlich gefiel Abel besser als sein Bruder und ich war zufrieden, dass er die hübschere von beiden heiraten würde. Abel wird nicht böse, wenn wir von seinem Essen essen. Eines Tages sah Abel mich vor den Hühnereiern stehen, die er aufzog, also streckte er seine Hand aus und gab mir ein Ei und ich war so glücklich über seine Kooperation mit unserer Art. Dieser Mann war sich der Weisheit hinter der Zusammenarbeit zwischen den Geschöpfen bewusst und wusste um die Bedeutung von Barmherzigkeit. Er war ein Mann, der Allah kennt, liebt und fürchtet.

Ich will mich konzentrieren, damit ich all die Zerstörung und den Ruin bezeugen und es dem Wind erzählen kann, der an den trostlosesten Orten pfeift.

Kain schrie: "Nein, ich bin besser als er!" Der Teufel steckte hinter seinen Worten. Satan sagte dasselbe über Adam, und an diesem Tag lehrte er es Adams Sohn, damit er es über seinen Bruder sagen konnte.

Kain schrie wieder vor seinem Vater: "Ich werde Lyotha nicht heiraten. Ich werde Aklima heiraten! Wir waren zusammen im selben Mutterleib. Ich habe mehr Recht auf sie!"

Adam erklärte seinem Sohn, dass es ungesetzlich ist, seine Schwester zu heiraten. Kain weigerte sich, seine Haltung zu ändern. Ich war überrascht über seine Kühnheit und wusste nicht, wie Adam darauf reagieren würde.

Dann sagte Adam: "Jeder von euch soll Allah ein Opfer darbringen, und wer sein Opfer annimmt, hat recht."

Adam zog sich aus dem Versuch zurück, zwischen ihnen zu urteilen und überließ das dem Himmel.

Ich wusste nicht, wie Allah ihre Opfer annehmen würde. Ich wusste nicht einmal, was mit "Opfer" gemeint war.

Ich wartete ein paar Tage, in denen ich mit der Lösung von Problemen in der Welt der Krähen beschäftigt war. Zu dieser Zeit gab es eine flüchtige Krähe, die wir suchten, um sie vor Gericht zu stellen.

Dann kam der Tag, an dem Allah Opfer dargebracht wurden. Abel kam und brachte einen seiner größten Schafböcke mit, den er auf dem Berg zurückließ und zu Allah betete, ihn anzunehmen. Kain kam, und mit ihm brachte er Ähren, die noch nicht reif waren. Da Kain so geizig war, dass wir Krähen nicht einmal von seinem Essen kosten konnten, brachte Kain sein Opfer dar und ging weg.

# Chapter 4

Die beiden Brüder traten zurück.

In meinem Herzen, da ich ein unvoreingenommener Richter bin, wünschte ich, dass Allah Abels Opfer annehmen würde. Es kam ein Feuer vom Himmel herab, das Abels Opfer als Zeichen der Annahme verschlang. Abel schrie vor Freude und Kain schrie: "Mord!"

Kain stand mit vorgestreckten Handflächen vor ihm und starrte mit seinen Augen in den Horizont. Trotz seines Schweigens schwang eine Welle der Feindseligkeit in ihm mit, die fast greifbar war.

Es war ein wunderbarer Tag. Die Sonne verbreitete ihre Wärme in der Atmosphäre und die Kiefern, die den Horizont säumten, badeten in den Strahlen der Sonne. Ihre Zweige nahmen die Farbe des Bernsteins an, der aus dem Meer kommt. Von den nahegelegenen Bergen wehte ein Wind, der aus den Tiefen des Korallenriffs, das mit dem grünen Samt des Waldes bedeckt ist, den Duft des Urwalds und prächtige Blumen mit sich führte.

Da schrie Kain erneut: "Ich werde dich töten."

Abel wusste nicht, warum Kain so wütend auf ihn war. In der Tat kennt die Reinheit gewöhnlich nicht die Motive des Bösen. Allah hatte von dem einen angenommen und den anderen abgelehnt.

Abel sagte seinem Bruder, dass Allah nur von den Frommen annimmt. Wieder murmelte Kain: "Ich werde dich töten."

Abel antwortete, als er sich umdrehte, um zu seiner Hütte zurückzukehren: *"Wenn du deine Hand gegen mich ausstreckst, um mich zu töten, werde ich niemals meine Hand gegen dich ausstrecken, um dich zu töten, denn ich fürchte Allah, den Herrn der 'Alamin (Menschen, Dschinn und alles, was existiert). Wahrlich, ich beabsichtige, dich meine und deine Sünde auf dich ziehen zu lassen, dann wirst du zu den Bewohnern des Feuers gehören, und das ist die Belohnung für die Zhalimun (Polytheisten und Frevler)."*

Abel ging mit seiner Frau Aklima fort. Sie heirateten und als die Anzeichen einer Schwangerschaft bei ihr auftraten, beschloss Kain, seinen Bruder zu töten.

Es gelang uns, die schuldige Krähe zu finden, die entkommen war, und so begann sein Prozess.

Abel legte sich nach einem Tag harter Arbeit auf den Boden. Er schlief ein, sobald er seinen Kopf auf ein Bett aus Lilien gelegt hatte. Die Sonne machte sich auf den Weg nach Westen.

Der Prozess gegen die sündige Krähe ging weiter.

Die Sonne ging unter und Kain kam und in seiner Hand war ein Eselskiefer, den er im Wald gefunden hatte.

Ein Esel war im nahen Wald gestorben, und die Raubtiere hatten sein Fleisch gefressen, und die Geier hatten gefressen, was von ihm übrig war, und die Erde hatte sein Blut getrunken, und nur sein knochiger Kiefer lag noch auf dem Boden.

Kain trug die erste Waffe, die auf der Erde benutzt wurde, und machte sich auf die Suche nach seinem Bruder. Er fand ihn schlafend, also ging er auf ihn zu.

Etwas, das ich in dem edlen träumenden Gesicht nicht verstehen konnte, bewegte ihn.

Da wachte Abel auf und öffnete seine Augen. Kain hob seine Hand und schlug mit dem knochigen Kiefer zu. Blut spritzte aus Abels Gesicht auf Kains Brust. Die sündige Hand schlug noch einmal auf das gütige Gesicht. Beim fünften Schlag traf Kains Hand auf den Schlamm des Feldes.

Abel lag völlig regungslos da und Kain erkannte dann, dass sein Bruder gestorben war. Seine Hand hörte auf, ihre schnellen und bösartigen Schläge auszuführen, und er saß stirnrunzelnd vor seinem Opfer.

Wir sind immer noch nicht mit der Prüfung der sündigen Krähe fertig, da wir die Prüfung auf den nächsten Tag verschoben und jemanden zur Bewachung der Krähe ernannt haben und dann sind wir gegangen.

Ich stand auf der Spitze eines Baumes über dem Kopf von Kain und krächzte schreiend: "Kain! Was hast du mit deinem Bruder Abel gemacht?"

Kain hob seinen Kopf und sah mich an. Sein Körper zitterte.

Der Prozess gegen die angeklagte Krähe dauerte Stunden. Er hat gelogen. Er leugnete die ihm zugeschriebenen Anschuldigungen, aber je weiter der Prozess voranschritt, desto enger zog sich die

Schlinge um seinen Hals zu. Während der ganzen Zeit des Prozesses ging Kain und trug seinen Bruder auf seinem Rücken.

Er wusste nicht, was er mit seinem Leichnam tun sollte. Geier kreisten über ihm, und wilde Tiere wurden durch seinen Geruch angelockt. Kain fürchtete, dass die wilden Tiere seinen Bruder fressen würden, wenn er ihn verließ, also ging er weiter und trug ihn auf seinem Rücken.

Er wusste nicht, was er mit ihm machen oder wie er sich verhalten sollte.

Der Prozess gegen die Krähe war zu Ende und alle Anschuldigungen, die ihm zugeschrieben wurden, waren bewiesen. Die Richter verurteilten ihn zum Tode. Das Urteil der sündigen Krähe wurde vollstreckt. Ich trug die tote Krähe, um sie an einem weit entfernten Ort zu begraben. Während ich flog, fühlte ich eine unsichtbare Kraft, die meine Flügel in Richtung Kain führte. Ich hatte nicht die Absicht, an Kain vorbeizugehen, da ich ihn nicht mochte, aber meine Flügel steuerten trotz meines Willens auf ihn zu. Etwas Erhabenes, das meine Wahrnehmung übertraf, lenkte meine Flügel.

# Chapter 5

Einer der verehrten Engel befahl mir: "O Krähe! Allah (gepriesen und erhaben sei Er) schickt dich, um dem Sohn Adams zu zeigen, wie er den Leichnam seines Bruders begraben soll."

Daraufhin landete ich augenblicklich mit meiner Last vor Kain. Dann legte ich die tote Krähe vor mich hin und begann, im Boden zu graben. Ich grub den Boden mit meinen Krallen und meinem Schnabel um. Danach legte ich die Flügel der toten Krähe an seinen Körper und stieß ihn mit meinem Schnabel in sein Grab. Ich schrie zwei kurze Schreie und bedeckte ihn dann mit Sand.

Danach sah ich den Sohn von Adam an. Mein Blick sagte deutlich: "Auch wenn wir ihn zu Recht getötet haben, schulden wir seinem Körper das Recht, respektiert zu werden. Aber du ..."

Danach habe ich angefangen, ihm ins Gesicht zu krächzen und bin dann schließlich in Richtung Westen geflogen.

Als ich wegflog, hörte ich Kains Schrei: "O wehe mir! Ich habe versagt, wie diese Krähe zu sein und den Körper meines Bruders zu begraben. "

Ich stellte mir vor, dass sein Schrei vor Gewissensbissen brannte. Ich wusste nicht, aus welcher Quelle seine Reue floss. War er reumütig, weil er ihn die ganze Zeit mit sich herumgetragen hatte, ohne zu wissen, dass er ihn begraben musste? Oder hatte er Gewissensbisse, weil er ihn zu Unrecht getötet hatte? Ich weiß es nicht. Alles, was ich wissen wollte, war der Zustand von Abels Frau. Ich fühlte mich beruhigt, als ich wusste, dass sie kurz vor der Entbindung stand. Ich wollte die Gewissheit haben, dass die menschliche Rasse aus dem Geschlecht eines starken, großzügigen und gottesfürchtigen Mannes stammt. Ich weiß, dass die Kinder von Kain, dem ersten Mörder, die Erde füllen würden. Ich weiß, dass der Konflikt zwischen ihnen und den Kindern des gütigen Märtyrers Abel niemals aufhören würde. Vielleicht würde sich sogar die Tragödie des Vaters mit den Kindern wiederholen.

All das weiß ich, aber ich weiß nicht, welche Weisheit dahinter steckt. Es ist nicht meine Aufgabe, das zu wissen. Ich war Zeuge des Sohnes von Adam und eine Zeit lang sein Lehrer, aber es ist nicht meine Aufgabe zu wissen, warum.

*Vielleicht weiß es der Mensch...*

# Epilogue

**N**arrated 'Abdullah:

The Prophet said, "No human being is killed unjustly, but a part of responsibility for the crime is laid on the first son of Adam who invented the tradition of killing (murdering) on the earth. (It is said that he was Qabil). (Sahih Hadith)

**'Uthman bin 'Affan narrated that the Prophet Muhammad SAW said:**

"There is no right for the son of Adam in other than these things: A house which he lives in, a garment which covers his nakedness, and Jilf (a piece of bread) and water." (Sahih Hadith)

**Narrated Anas:**

The Prophet said, "Allah SWT will say to that person of the (Hell) Fire who will receive the least punishment, 'If you had everything on the earth, would you give it as a ransom to free yourself (i.e. save yourself from this Fire)?' He will say, 'Yes.' Then Allah SWT will say, 'While you were in the backbone of Adam, I asked you much less than this, i.e. not to worship others besides Me, but you insisted on worshipping others besides me.' (Sahih Hadith)

**Narrated Abu Huraira:**

Prophet Muhammad SAW said, "Allah SWT (God) created Prophet Adam AS in His picture, sixty cubits (about 30 meters) in *height. When He created him, He said (to him), "Go and greet that group of angels sitting there, and listen what they will say in reply to you, for that will be your greeting and the greeting of your offspring."*

*Adam (went and) said, 'As-Salamu alaikum (Peace be upon you).' They replied, 'AsSalamu-'Alaika wa Rahmatullah (Peace and Allah's Mercy be on you) So they increased 'Wa Rahmatullah' The Prophet added 'So whoever will enter Paradise, will be of the shape and picture of Adam Since then the creation of Adam's (offspring) (i.e. stature of human beings is being diminished continuously) to the present time." (Sahih Hadith)*

### It was narrated that Shaddad bin Aws said:

*"The Last Messenger of Allah SWT (God) said: 'The best of your days is Friday. On it Adam was created, on it the Trumpet will be blown, on it all creatures will swoon. So send a great deal of peace and blessings upon me on that day, for your peace and blessings will be presented to me.' A man said: 'O Messenger of Allah, how will our peace and blessings be shown to you when you will have disintegrated?' He said: 'Allah SWT has forbidden the earth to consume the bodies of the Prophets.'" (Sahih Hadith)*

www.ingramcontent.com/pod-product-compliance
Lightning Source LLC
Chambersburg PA
CBHW061436050726
47593CB00006B/2365